AF298541

JULIEN BERR DE TURIQUE

DOCTORESSE

COUTURIER

COMÉDIE EN UN ACTE

Prix : 1 fr. 50

PARIS

PAUL OLLENDORFF, ÉDITEUR

28 BIS, RUE DE RICHELIEU, 28 BIS

1886

Tous droits réservés

Y.Th
21676

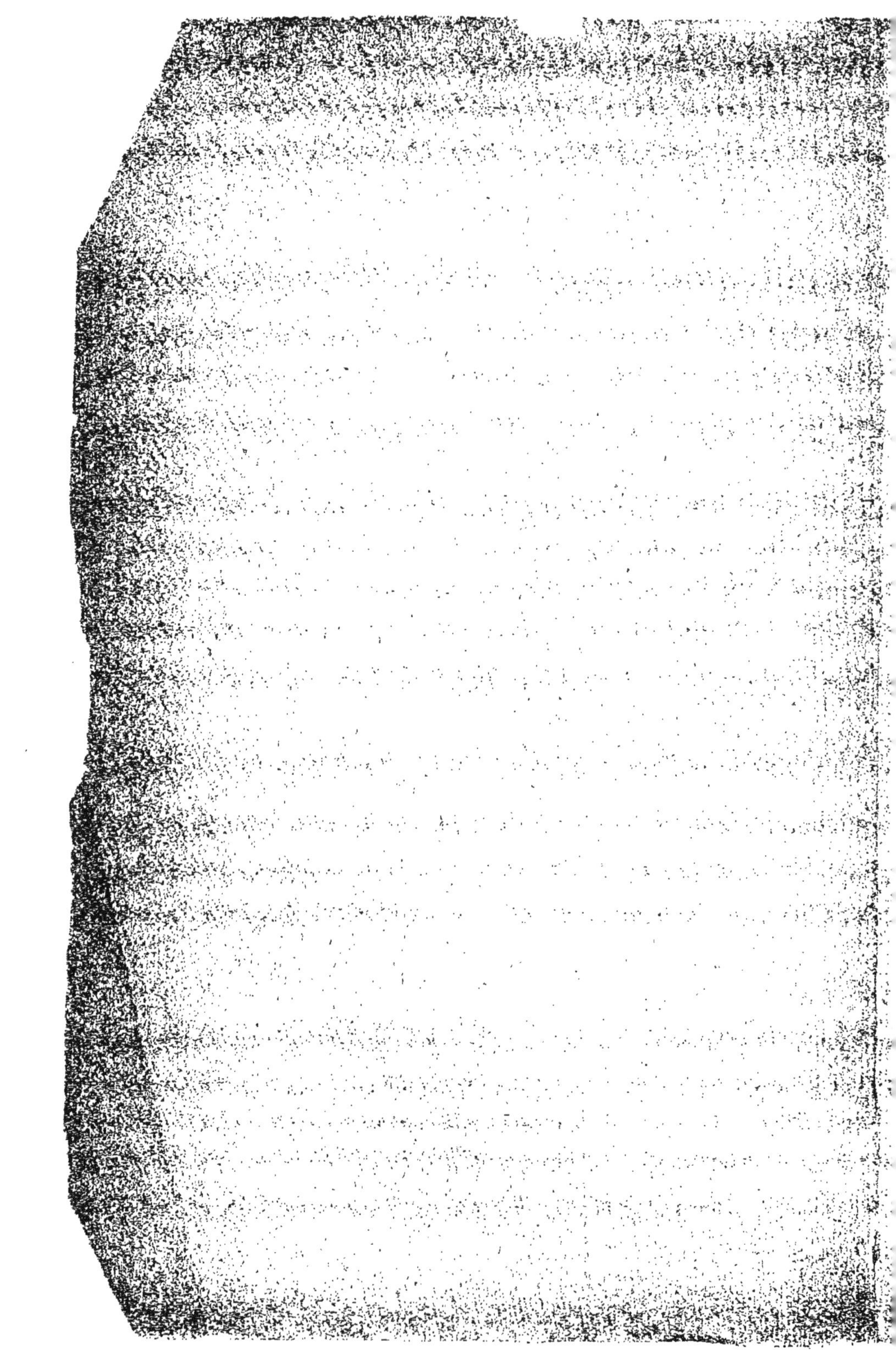

DOCTORESSE & COUTURIER

COMÉDIE EN UN ACTE

Représentée pour la première fois, à Paris, le 1er décembre 1884, sur le
théâtre des Menus-Plaisirs.

Y Th.
21676

DU MÊME AUTEUR :

L'ÉLECTION, monologue en vers, dit par Coquelin cadet, de la Comédie-Française. . . . . 1 »

LA ROBE DE PERCALINE, monologue en vers, dit par mademoiselle Blanche Barretta, de la Comédie-Française. 1 »

JE NE VEUX PLUS AIMER, monologue en vers, dit par Georges Guillemot, du théâtre du Gymnase. . 1 »

UN BILLET, monologue en vers, dit par mademoiselle Rachel Boyer, de l'Odéon . . . . 1 »

IMPRIMERIE GÉNÉRALE DE CHATILLON-SUR-SEINE. — A. PICHAT.

JULIEN BERR DE TURIQUE

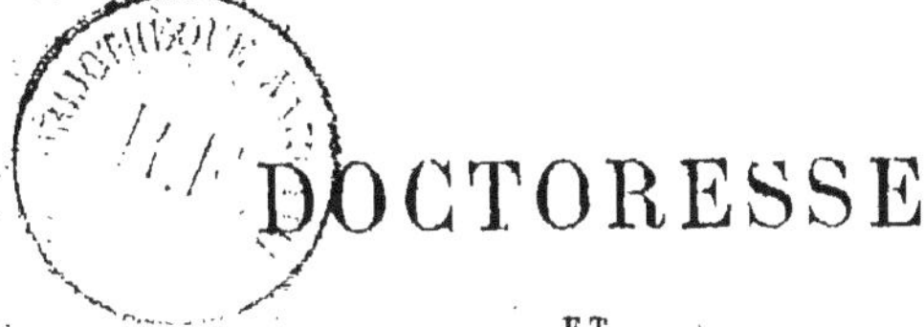

DOCTORESSE

ET

COUTURIER

COMÉDIE EN UN ACTE

PARIS

PAUL OLLENDORFF, ÉDITEUR

28 *bis*, RUE DE RICHELIEU, 28 *bis*

1885

Tous droits réservés.

A

ALPHONSE DAUDET

Très modeste hommage.

J. B. DE T.

PERSONNAGES [1]

LÉOPOLDINE PÉRICARDE .... Mlle LERICHE.

CHÉRI TAFFETAS .... M. PAUL BERT.

La scène se passe à Paris chez Léopoldine.

———

1. Cette pièce a aussi été jouée avec la distribution suivante :

LÉOPOLDINE PÉRICARDE. Mlle BRANDÈS, du Vaudeville.
CHÉRI TAFFETAS. M. BAILLET, de la Comédie-Française.

DOCTORESSE ET COUTURIER

Salon. — Petite table à droite. Petite table à gauche, chaises, canapés, fauteuils. Encre, plumes et papier sur les tables.

SCÈNE PREMIÈRE *

LÉOPOLDINE, elle lit une lettre.

Madame,

« Vous êtes une savante et je suis un savant. Vous
» êtes la gloire de la médecine ; moi, je suis l'honneur
» de la chirurgie. Chacun de nous possède un nom
» célèbre ; fondons-les en un seul nom illustre. Je viens,
» madame, vous demander votre main et je suis cer-
» tain d'avance que ma demande sera agréée. »

» ARGUS GASTRITET.
» Chirurgien en chef de l'hôpital Robespierre,
membre de l'Académie de médecine.

» N. B. Dans la demande ci-dessus, je n'ai pas fait

* Toutes les indications sont prises de la gauche du specta-
teur.

» mention de votre physique. Je ne le connais pas,
» mais, quel qu'il soit, je m'en contente. »

(Parlant.) Charmant! Charmant! Il ne connaît pas
mon physique, mais, quel qu'il soit, il s'en contente.
Délicieux! ma parole, délicieux! Pardieu! je suis cer-
taine qu'il me croit laide, horrible même. — Le
monde est vraiment curieux! une femme se livre-
t-elle à un travail viril? embrasse-t-elle une carrière
sérieuse, intelligente, haute? vite, tout le monde de
crier : Elle doit être affreuse! Une maîtresse de pen-
sion avenante, une institutrice jolie, cela n'existe pas,
paraît-il! Ah! il ne connaît pas mon physique, et il
s'en contente! Je le crois pardieu bien, monsieur,
vous n'êtes pas dégoûté! mais rassurez-vous, il n'est
pas pour vous, ce physique-là, tout docteur que vous
êtes... Deux heures! Pas une visite encore, je n'attire
pas la foule, aujourd'hui. Ah! j'entends sonner.

SCÈNE II

LÉOPOLDINE, CHÉRI *.

CHÉRI, entrant.

Madame, veuillez m'excuser.

LÉOPOLDINE.

Et de quoi donc, monsieur?

CHÉRI.

D'entrer ainsi chez vous, de but en blanc, sans pré-
sentation !... Mais je n'y tenais plus!

LÉOPOLDINE.

Monsieur, mon salon est ouvert à tous...

* Léopoldine, Chéri.

CHÉRI, étonné.

A tous ?

LÉOPOLDINE.

Oui, monsieur. Lundi, mercredi, vendredi, de 2 heures à 4 heures.

CHÉRI, à part.

Son mari doit être avocat.

LÉOPOLDINE.

Vous venez consulter ?

CHÉRI, à part.

C'est ça ; avocat consultant. C'est sa femme qui in-
troduit...

LÉOPOLDINE, s'asseyant et lui désignant un fauteuil.

Monsieur, je vous écoute.

CHÉRI, à part.

Elle m'écoute ! Eh bien ! je vais tout lui dire. Hum !
elle a une robe bien sévère aujourd'hui et un air
comme sa robe. J'ai eu tort de monter...

LÉOPOLDINE.

Voyons, ne vous troublez pas. Bien que femme,
mon état m'autorise à tout entendre.

CHÉRI, à part.

Hum ! C'est moins qu'un cabinet d'affaires, alors...
mais c'est peut-être plus cher. Enfin ! (Haut.) Madame...

LÉOPOLDINE.

Monsieur...

CHÉRI.

Madame...

ÉOPOLDINE.

Continuez.

CHÉRI.

Madame, il faut vous dire que j'ai eu le plaisir de

vous rencontrer, il y a huit jours, au Théâtre-Français?
On donnait *Valérie*.

LÉOPOLDINE.

En effet, j'y étais. C'est une pièce bien faite et de plus
un cas de cécité curieux à étudier. D'ailleurs, je ne
déteste pas le théâtre, mais je n'y vais que fort rare-
ment, car même le soir, ma clientèle me laisse peu de
loisirs.

CHÉRI, à part.

Le soir ? La clientèle ? Qui l'eût cru ? Une femme si
simple !... Mon Dieu, que les apparences... (A Léopoldine.) Madame...

LÉOPOLDINE.

Monsieur.

CHÉRI.

Madame.

LÉOPOLDINE.

Continuez.

CHÉRI.

Donc, j'étais au Théâtre-Français. On donnait *Valérie*.
C'était à l'acte où elle devient aveugle. La situation
est intéressante, vous le savez.

LÉOPOLDINE.

Intéressante, mais fausse. (Parlant très vite.) Au point
de vue de l'optique du théâtre, c'est bon, mais au
point de vue de l'optique naturelle, c'est mauvais. Il
est impossible qu'en si peu de temps l'opacité du cris-
tallin reprenne sa transparence. La réfraction ne peut
s'effectuer que lentement, et les rayons convergents
et divergents, pour aller à la chambre noire, en passant par la pupille, sont arrêtés en chemin. Les glan-
des lacrymales jouent là-dedans un rôle que l'auteur
n'explique pas. D'ailleurs les grands médecins s'ex-
priment là-dessus d'une façon très catégorique — et
vous pouvez consulter les encyclopédies.

CHÉRI, à part.

Elle a des kilos de science... Pour une femme légère!
(A Léopoldine.) Enfin, n'importe, c'est amusant et la
jeune première est fort bien habillée.

LÉOPOLDINE.

Je ne me rappelle plus...

CHÉRI.

Je me rappelle, moi. (Parlant très vite.) Robe bleu de
ciel, moitié soie et moitié satin. Corsage velours frappé,
légèrement ouvert devant en pointe, avec passe-poil.
— Valenciennes trois fils en haut et guipure grise
nouveau modèle en bas. Dans le dos, trois rainures
passementerie à cinq centimètres de largeur, et effilés
gros grains au bas de la jupe.

LÉOPOLDINE, à part.

Il se connaît en toilette... (Haut.) Voyons, au fait.

CHÉRI.

Donc j'étais à l'orchestre. J'avais derrière moi un
voisin qui s'amusait inconsciemment à donner des
petits coups de pied d'une façon continue sous le res-
sort de mon fauteuil. — Ça me faisait sauter en l'air
— comme ça.

Il saute sur sa chaise.

LÉOPOLDINE.

C'est un exercice excellent pour la digestion. (Parlant très vite.) Le diaphragme qui, vous le savez, sépare
la cavité thoracique de la cavité abdominale, est, par
cela même, soumis à une influence de haut en bas
qui favorise les mouvements péristaltiques et anti-pé-
ristaltiques de l'estomac.

CHÉRI, à part.

Elle m'agace avec sa science. (A Léopoldine.) C'est excellent, c'est possible, mais ça énerve. Aussi voulus-
je lui intimer l'ordre d'avoir à cesser sa gymastique,

quand je vous aperçus au premier rang du balcon,
juste derrière moi. — Vous aviez un chapeau clair...

LÉOPOLDINE.

Je ne me rappelle plus...

CHÉRI.

Je me rappelle, moi. (Parlant très vite.) Chapeau feutre
gris clair, relevé d'un côté avec rubans jaunes et bor-
dure velours marron. Oiseau à gauche, pompon rouge
devant, pompon noir derrière et boucle d'argent à
deux dents recourbées.

LÉOPOLDINE, à part,

Il est surprenant !

CHÉRI.

Donc je vous aperçus... J'eus alors comme un
éblouissement !

LÉOPOLDINE.

C'est curieux.

CHÉRI, la regardant tendrement et se frappant la poitrine.

Et depuis ce temps, je souffre, madame, je souffre...

LÉOPOLDINE, se levant, et avec un geste impératif.

Otez votre veste...

CHÉRI, stupéfait.

Comment ? que j'ôte ma....

LÉOPOLDINE, passant.

Otez votre veste.

CHÉRI *.

Non... madame... non... je ne m'attendais pas... l'é-
motion...

LÉOPOLDINE.

Approchez-vous alors...

* Chéri, Léopoldine.

CHÉRI, s'approchant, et à part.

Je supposais bien que ce n'était pas... Mais si je m'attendais !

LÉOPOLDINE. Elle lui appuie ses deux mains sur les épaules.

Regardez-moi !

CHÉRI, à part.

Quel regard ! Elle va m'embrasser !

LÉOPOLDINE.

L'œil est bon.

CHÉRI, aimable.

Assez bon pour distinguer ce qui est beau. (Léopoldine appuie son oreille sur la poitrine de Chéri pour l'ausculter. — A part.) Décidément, elle a compris. Inutile d'en dire davantage. Elle fait toutes les avances. Il n'y a pas à dire, elle fait toutes les avances. A moi de marcher : si je recule, elle me traitera d'imbécile. En avant les grands moyens !

Pendant qu'elle a la tête baissée, il l'embrasse.

LÉOPOLDINE, avec indignation *.

Monsieur !

CHÉRI.

Madame !

LÉOPOLDINE.

Monsieur !

CHÉRI, placidement.

Continuez.

LÉOPOLDINE.

Je me demande véritablement si vous êtes fou, ou s'il faut vous faire chasser par mon domestique !

* Léopoldine, Chéri.

CHÉRI.

Comment, madame? Qu'ai-je fait qui doive vous déplaire? Il me semble au contraire...

LÉOPOLDINE.

Savez-vous bien chez qui vous êtes?

CHÉRI.

Madame...

LÉOPOLDINE.

Vous souffrez, m'avez-vous dit et vous venez me consulter. Donc vous connaissez mon état?

CHÉRI.

Non. Mais, ma maladie, vous seule pouvez la guérir, et je croyais même... Vous m'aviez dit d'ôter ma veste...

LÉOPOLDINE, se calmant.

Voyons, monsieur, entendons-nous... Peut-être nous trompons-nous tous deux. Vous n'avez pas cru vous adresser à un médecin; et moi, j'ai cru m'adresser à un malade. Je suis mademoiselle Léopoldine Péricarde, médecin en chef de l'hôpital laïque des femmes, et membre correspondant de l'Académie de médecine.

CHÉRI.

Ah! mon Dieu! Ah! mon Dieu!

LÉOPOLDINE.

Qu'avez-vous?

CHÉRI.

C'est vrai! Votre nom! j'aurais dû me douter. Je me suis conduit comme un misérable. Pardonnez-moi, madame. Mais aurais-je jamais pu prévoir que la ravissante, que la divine personne que j'avais aperçue l'autre soir à la Comédie-Française pouvait être la doctoresse célèbre...

LÉOPOLDINE.

Que veut dire ce langage?

SCÈNE DEUXIÈME

CHÉRI.

Cela veut dire que, depuis que je vous ai vue, je
vous adore ; que je ne mange plus, que je ne bois plus ;
et cela veut dire que je suis venu ici sans connaître
votre profession, laissant au hasard le soin de me
fournir un prétexte quelconque pour avoir la joie de
vous voir et de vous admirer.

LÉOPOLDINE, à part.

Tiens ! On me trouverait donc jolie ! et l'illustre Gastritet qui a cinquante ans et qui se contente de mon
physique sans le voir ! (A Chéri.) Alors, monsieur, vous
m'avez vue une fois et cela vous a suffi pour m'ado-
rer ?

CHÉRI.

De toute mon âme, madame...

LÉOPOLDINE.

Et vous venez me dire...?

CHÉRI, gêné.

Vous dire... que je suis votre obéissant serviteur.

LÉOPOLDINE.

Fort bien. Asseyez-vous là... en face de moi et causons... Vous avez sans doute à m'entretenir de quelque projet. Je vous écoute. Je vous prie seulement de
vous exprimer un peu moins tendrement que tout à
l'heure...

CHÉRI, à part.

Une femme médecin !... Ah ! non ! Ah ! non ! Elle
est jolie... certainement, elle est très jolie... Mais ça
n'est plus ça, ça n'est plus ça du tout...

LÉOPOLDINE.

Je vous écoute...

CHÉRI.

Madame...

LÉOPOLDINE.

Monsieur... Continuez...

CHÉRI.

Madame... (A part.) Non, ça n'est plus ça... une déclaration d'amour... à un médecin. Il... Elle me rira au nez... Je vais être ridicule et puis une femme médecin, ce n'est pas une femme... c'est un homme... non, ce n'est pas un homme... qu'est-ce que c'est alors?... Je ne sais pas... c'est dommage... elle est ravissante... (Il se lève. — A Léopoldine.) Madame...je vous demande pardon... j'ai cru que vous étiez... vous n'êtes pas... tant pis... c'est dommage... Mais je n'ose pas vous dire... je pars... oubliez ma veste... ma visite. Je vous laisse à vos clients et à la médecine.

LÉOPOLDINE.

Vous partez?

CHÉRI.

Hélas !

LÉOPOLDINE.

Vous n'êtes pas marié?

CHÉRI.

Non, madame, non; mais ça viendra peut-être... Quand j'aurai oublié... si je peux oublier... En ce cas je vous appellerai... pour ma femme... Adieu, docteur... adieu.

Fausse sortie.

LÉOPOLDINE, le rappelant.

Monsieur !

CHÉRI.

Madame?

LÉOPOLDINE, embarrassée.

Monsieur...

CHÉRI.

Vous désirez?

LÉOPOLDINE.

Quelle étrange chose ! vous m'avez rencontrée un soir. Vous m'avez aimée. — Vous ne vous êtes pas demandé si j'étais jeune fille, mariée, veuve... ou autre chose. Vous étiez décidé à tout. Vous êtes venu chez moi pour m'avouer votre amour. Votre passion bravait toutes les convenances, affrontait tous les dangers. Vous apprenez que je suis médecin : et vos beaux sentiments et votre belle éloquence, tout est parti !... Je ne suis plus une femme pour vous ; je ne suis plus un être désirable, je suis un monstre !

CHÉRI.

Pas précisément.

LÉOPOLDINE.

Voyons ! Je veux éclaircir le fait... au point de vue général, au point de vue humanitaire, pour mes confrères. — Ne suis-je pas une femme comme une autre ?

CHÉRI.

Mieux.

LÉOPOLDINE.

Pas de fadeurs. Répondez-moi franchement. Vous me trouviez jolie, l'autre soir. — Me trouvez-vous laide, à présent ?

CHÉRI.

Non pas.

LÉOPOLDINE.

Alors, quel effet vous produis-je ?

CHÉRI.

Vous m'effrayez !

LÉOPOLDINE.

Et vous ne m'aimez plus ?

CHÉRI.

Pas la même chose.

LÉOPOLDINE, à part.

Allons ! Gastritet parle bien... mon physique n'a aucune importance et il a raison de ne pas s'en préoccuper. (A Chéri.) Suis-je une femme qu'on épouse ?

CHÉRI.

Mon Dieu, madame...

LÉOPOLDINE.

Non, on ne m'épouse pas, et si au lieu d'être une savante, je faisais des fautes d'orthographe, à genoux vous me demanderiez ma main...

CHÉRI.

C'est pourtant vrai !

LÉOPOLDINE.

Vous êtes savant ?

CHÉRI.

Non, madame, non, je suis artiste et le premier dans mon art, j'ose le dire...

LÉOPOLDINE.

Et vous n'admettez ni l'art, ni la science chez la femme ?

CHÉRI.

Pas trop.

LÉOPOLDINE.

Il faut que je vous convainque.

> Léopoldine se place derrière la table de droite et commence sa conférence. — Chéri, assis en face d'elle et à distance, se laisse convaincre peu à peu et à mesure qu'il est plus convaincu, rapproche sa chaise de Léopoldine, de telle sorte que, quand elle a fini sa dernière tirade, il se trouve tout contre la table.

CHÉRI, à part *.

Sans doute, elle va me faire une conférence ? Enfin, elle est jolie ; pendant qu'elle parlera, je la regarderai...

LÉOPOLDINE.

Qu'est-ce qui crée l'homme ?

* Chéri, Léopoldine.

CHÉRI.

L'homme.

LÉOPOLDINE.

La femme. N'est-ce pas elle qui supporte, n'est-ce pas elle qui souffre?

CHÉRI.

C'est vrai.

LÉOPOLDINE.

Qu'est-ce qui élève l'homme?

CHÉRI.

L'homme.

LÉOPOLDINE.

La femme. N'est-ce pas elle qui nourrit et qui veille constamment?

CHÉRI.

C'est vrai.

LÉOPOLDINE.

Qu'est-ce qui inspire les grandes œuvres?

CHÉRI.

L'homme.

LÉOPOLDINE.

La femme. Les grands poètes ne sont-ils pas ceux qui ont aimé? Béatrix n'est-elle pas l'auteur de la *Divine Comédie* et la Guiccioli de *Lara?*

CHÉRI.

C'est vrai.

LÉOPOLDINE.

Allez, monsieur, ne rabaissez pas le rôle de la femme. Les qualités d'amante et de mère de famille n'excluent ni le talent, ni le génie. La femme est supérieure à l'homme. A elle la gloire, à elle les honneurs, à lui les soins du ménage. Vous et vos frères, monsieur, vous êtes petits et cacochymes. Nous som-

mes aussi fortes que vous... et nous voulons notre re-
vanche. Nous sommes peintres, nous sommes sculpteurs, nous sommes médecins: nous prenons votre
place; prenez la nôtre !

CHÉRI, à part.

Elle a raison! Elle est ravissante, quand elle s'anime.
Une femme médecin! Après tout, pourquoi pas? Elle
me soignera... pour rien. (Haut.) Madame, vous êtes
dans le vrai.

LÉOPOLDINE.

Je vous ai convaincu, monsieur, j'en suis bien
aise.

CHÉRI.

Vous m'avez si bien convaincu, que je vous supplie
à genoux de m'accorder votre main.

LÉOPOLDINE.

Je suis confuse. J'ai l'air d'avoir prêché pour mon
compte.

CHÉRI.

Vous avez prêché pour me convertir. Je me repens,
et je vous demande mon pardon. (Subitement, il passe la
main sur son front.) * Ah! mon Dieu! Qu'est-ce que j'ai?
Toujours ces maudits étourdissements ! Ah! mon Dieu!

Il tourne sur lui-même plusieurs fois et va tomber dans un
fauteuil.

LÉOPOLDINE.

Là, ce n'est rien. Remettez-vous.....

Elle prend dans un tiroir un petit flacon, en verse quelques gouttes dans ses mains et en frotte les tempes de Chéri.

Deux minutes de ce régime-là, et on ressuscite un
mort.

CHÉRI, se remettant peu à peu.

Là, merci, merci; ça va un peu mieux... ça va bien...

* Léopoldine, Chéri.

c'est fini ! Vous m'avez sauvé. — Ce sont comme des
éblouissements qui me prennent comme ça deux ou
trois fois par semaine, subitement... sans crier gare.
Mon médecin prétend que c'est inguérissable.

LÉOPOLDINE.

Qui est votre médecin ?

CHÉRI.

Argus Gastritet, le savant Argus Gastritet, chirurgien en chef de l'hôpital Robespierre, membre de l'A-
cadémie de Médecine.

LÉOPOLDINE.

C'est un âne ! Quelques gouttes de cet élixir sur les
tempes, tous les jours, pendant un mois, et le mal dis-
paraîtra.

CHÉRI.

Vous êtes un ange, madame, vous êtes un ange et
par Esculape, je vous adore !

Il fait un grand geste et renverse, sur la robe de Léopoldine,
le flacon qu'elle tient en main.

LÉOPOLDINE.

Maladr... (Se reprenant.) Malade imprudent ! ma robe
est perdue. Une tache énorme ! Voilà ma robe perdue, une robe neuve !

CHÉRI.

Quoi ! madame... votre robe perdue ! à cause de
moi ! Vous allez me maudire ! Non, madame, ne me
maudissez pas !

Il tire un mètre en cuir de sa poche et se précipite sur Léopoldine.

Taille 55.

LÉOPOLDINE, se débattant.

Que faites-vous, monsieur ?

CHÉRI.

Ne bougez pas, madame. Encolure 25.

LÉOPOLDINE.

Monsieur !

CHÉRI, sur le même ton.

Madame. Manche 65.

LÉOPOLDINE.

Monsieur !

CHÉRI.

Laissez-moi continuer. Corsage 59.

LÉOPOLDINE.

Arrêtez-vous, monsieur ! Que signifie...?

CHÉRI.

Je ne veux rien entendre. Largeur 70.

LÉOPOLDINE.

Si c'est une plaisanterie...!

CHÉRI, à genoux *.

Longueur de jupe 80.

LÉOPOLDINE.

Si vous vous faites un jeu de m'offenser...!

CHÉRI, toujours à genoux.

Vous offenser, madame, quand je suis à vos pieds.

LÉOPOLDINE.

Agenouillez-vous devant moi, si bon vous semble, monsieur, et si c'est là votre façon de m'exprimer votre amour. Mais, prendre mes mesures, je trouve la plaisanterie un peu forte. J'ai parfois vu juger une femme à l'esprit et à la figure, mais jamais au mètre.

CHÉRI, se relevant.

En quoi vous offensé-je, madame ? Je gâte votre robe ! une robe superbe ! Superbe, oui, je dis bien, su-

* Chéri, Léopoldine.

perbe! Je ne suis pas jaloux et je ne décrie pas mes
confrères. Je veux vous en offrir une autre ; et je
prends vos mesures.

LÉOPOLDINE.

Mais, monsieur, ceci serait l'affaire de la couturière.

CHÉRI, railleur.

Une couturière ! Ah ! bien oui ! Elles font de jolies
choses, les couturières, et, d'ailleurs, quand il s'agit
d'une robe... pour vous... croyez-vous que je veuille
confier à un autre le soin de cet ouvrage? C'est moi
qui la ferai, madame, votre robe, et pas mes ouvriers
ni mes ouvrières, moi-même, entendez-vous ? moi-
même !

LÉOPOLDINE.

Une robe ! vous-même ! Vous !... un artiste ?

CHÉRI.

Oui, madame, artiste et... j'ose le dire, le premier
dans mon art. Je suis le fameux couturier Chéri Taffetas, fournisseur breveté de Sa Majesté la reine de
Hongrie, *se Habla Español.* Vous voyez bien que vous
n'aviez pas lieu de vous blesser de ma conduite?

LÉOPOLDINE.

Couturier !

CHÉRI.

Couturier, oui, madame, et conseiller municipal à
Pshutt-sur-Vlan, et marguillier !... Quand m'autorisez-
vous à revenir vous voir... avec un bouquet?

LÉOPOLDINE, à part.

Couturier ! Ah ! non ! non ! un couturier, ce n'est
pas un homme, c'est une femme... non, ce n'est pas
une femme... qu'est-ce que c'est alors? Je ne sais pas...
c'est dommage ; il est bien, certainement... il est assez
bien... mais couturier... (Haut.) Monsieur...

CHÉRI.

Madame ?

LÉOPOLDINE.

Monsieur...

CHÉRI.

Continuez...

LÉOPOLDINE.

Monsieur... je vous demande pardon... je suis une folle... j'ai cru que vous étiez... vous n'êtes pas... tant pis... c'est dommage... oubliez cette visite... je vous laisse à vos clientes... et à la couture.

CHÉRI.

Vous me renvoyez ! Je ne vous verrai plus ?

LÉOPOLDINE.

Si, monsieur, si.., plus tard, quand j'aurai oublié... quand vous aurez oublié... lorsque j'aurai besoin d'une robe... j'irai chez vous... Adieu, monsieur, adieu...

CHÉRI, il va pour s'en aller, il revient.

Madame...

LÉOPOLDINE.

Monsieur...

CHÉRI *.

Quelle étrange chose ! Tout à l'heure, je ne vous déplaisais pas. Vous ne vous êtes pas occupée de savoir si j'étais sculpteur, peintre ou poète. Vous étiez décidée à m'épouser. Vous apprenez que je suis couturier, et voilà tous vos beaux sentiments disparus. Je ne suis plus un homme, pour vous, je ne suis plus un être épousable, je suis un monstre !

LÉOPOLDINE.

Pas précisément...

---

* Léopoldine, Chéri.

CHÉRI.

Voyons. Je veux éclaircir le fait au point de vue général, au point de vue humanitaire... comme vous... pour mes confrères. Ne suis-je pas un homme comme un autre?

LÉOPOLDINE.

Monsieur...

CHÉRI.

Répondez-moi franchement. Quel effet vous produis-je?

LÉOPOLDINE.

Vous ne m'effrayez pas assez!

CHÉRI.

Et, si, au lieu d'être couturier, j'étais maçon, entrepreneur, peintre en bâtiments... ou député, vous m'accorderiez volontiers votre main.

LÉOPOLDINE.

C'est pourtant vrai.

CHÉRI.

Et alors, vous n'admettez pas l'art de la mode chez l'homme?

LÉOPOLDINE.

Pas trop.

CHÉRI *.

Il faut que je vous convainque.

LÉOPOLDINE, à part.

Il a dans la tête quelque tirade relative à la réhabilitation de son art. Après tout, j'ai le temps. Pendant qu'il parlera, j'étudierai sa constitution.

> Chéri va se placer derrière la petite table de gauche — même jeu que pour la première conférence. Il parle très vite sans donner à Léopoldine le temps de lui répondre autrement que par une simple approbation.

* Chéri, Léopoldine.

CHÉRI.

Qu'est-ce qui crée l'homme? — La femme, vous me l'avez dit tout à l'heure.

LÉOPOLDINE.

Parfaitement.

CHÉRI.

Qu'est-ce qui élève l'homme? — La femme, vous me l'avez dit tout à l'heure.

LÉOPOLDINE.

Parfaitement.

CHÉRI.

Qu'est-ce qui... etc? Vous me l'avez dit tout à l'heure.

LÉOPOLDINE.

Parfaitement.

CHÉRI.

Alors, n'élevons pas le rôle de l'homme outre mesure. La qualité de couturier n'exclut pas celle de père ni de mari. La femme est supérieure à l'homme. A elle la gloire! A elle les honneurs! — A lui les soins du ménage. Le mari jouit des triomphes de sa femme et taille ses corsages. Il n'y a pas de honte à ça! Nous avons dégénéré, nous autres: nous sommes petits et cacochymes,... oui, madame vous l'avez dit. Vous êtes peintres, poètes, sculpteurs, médecins ; vous avez pris notre place; nous prenons la vôtre.(Il se rapproche peu à peu de Léopoldine. — Très amoureusement.) Quel charmant couple nous ferions pourtant, madame! Pendant que vous soignez le mari, moi, je fais des robes pour l'épouse. Nous nous vantons tous deux, nous nous faisons de la réclame réciproquement. Je vous procure des clients et vous m'amenez des clientes [*]. Et le soir... quel tableau délicieux! Pendant qu'assise à votre bureau, vous enfantez quelque traité sérieux,

[*] Léopoldine, Chéri.

moi, à côté, sur une petite table de travail, j'ourle un plissé ou je brode un ruché. Nous échangeons nos idées pendant ce temps; nous causons des événements de la journée, et, quand sonne l'heure du coucher, vous me lisez vos pages écrites et moi je vous montre mon étoffe cousue.

LÉOPOLDINE, à part.

Il a raison, pourtant !

CHÉRI.

Je vous aime, madame, je suis le mari qu'il vous faut. Et puis , quelle économie !

LÉOPOLDINE, à part.

Habillée pour rien !

CHÉRI, à part.

Soigné pour rien !

LÉOPOLDINE.

Il est véritablement très bien, quand il s'anime. Et puis, après tout, pourquoi pas ? (Haut.) Monsieur, vous m'avez convaincue...

CHÉRI.

Comme je vous adore !

LÉOPOLDINE.

Que cela dure longtemps : c'est tout ce que je vous demande.

CHÉRI, il lui embrasse les mains.

Merci !

On entend un coup de sonnette.

LÉOPOLDINE.

Un client ! Sauvez-vous et revenez ce soir dîner avec moi.... avec un bouquet. Ah! pendant que j'y pense , il faut couper le mal dans sa racine. Je vais vous faire une ordonnance pour vos étourdissements.

CHÉRI.

Et moi, je vais transcrire vos mesures, de crainte de les oublier.

Léopoldine s'asseoit à la table de droite, Chéri à la table de gauche. Ils écrivent tous deux en lisant à haute voix et en même temps.

LÉOPOLDINE.

Bromure de potassium, 5 grammes; éther, 3 grammes; gentiane, 40 grammes. Docteur Léopoldine Péricarde.

CHÉRI.

Taille 55, encolure 25, manche 65, corsage 50, largeur 70, longueur de jupe 80.

LÉOPOLDINE, donnant l'ordonnance à Chéri.

A ce soir.

CHÉRI, lui embrassant la main.

A ce soir.

FIN.

Imprimerie Générale de Châtillon-sur-Seine. — A. Pichat.

LIBRAIRIE PAUL OLLENDORFF

28 *bis*, rue de Richelieu, — PARIS.

DERNIÈRES PUBLICATIONS

SERGE PANINE, pièce en cinq actes, par Georges Ohnet,
(Gymnase-Dramatique), in-18, 2ᵉ édition. . . . . . 2 »
LE MAITRE DE FORGES, pièce en quatre actes et cinq ta-
bleaux, par Georges Ohnet, (Gymnase-Dramatique),
in-18, 11ᵉ édition . . . . 2 »
LE COUP DU LAPIN, comédie en un acte, par Gaston Briet
et Cerfbeer, (Théâtre Déjazet), in-18. . . . . . . 1 50
RABELAIS NOVICE, comédie en un acte, par Pierre Bobhe,
in-18. . . . . 1 50
LE NOM, comédie en 5 actes, par Émile Bergerat, (Odéon),
avec lettre-préface à Adolphe Dupuis, in-18. . . 2 »
SMILIS, drame en quatre actes, en prose, par Jean Aicard,
(Comédie-Française), 1 vol. grand in-8 cavalier, 3 50
UN CRANE SOUS UNE TEMPÊTE, saynète, par Abraham
Dreyfus, in-18. . . . . 1 »
OSCAR BOURDOCHE, comédie en un acte, (Cluny), par E.
Grenet-Dancourt, in-18. . . . . 1 50
TROIS FEMMES POUR UN MARI, comédie-bouffe en trois
actes, par E. Grenet-Dancourt, (Cluny), in-18, 2ᵉ édi-
tion . . . . 2 »
L'UNE OU L'AUTRE, saynète en un acte, par Eugène Ver-
consin, in-18 . . . . 1 »
LE BAISER, opéra-comique en un acte, par Henri Gillet,
musique par Adolphe Deslandes (Opéra-Comique),
in-18. . . . . 1 50

SCÈNES A DEUX, par Adolphe Carcassonne, in-18. . 3 50
PIÈCES A DIRE, par Adolphe Carcassonne, in-18, 3 50
NOUVELLES PIÈCES A DIRE, par Adolphe Carcassonne,
2ᵉ édition, in-18 . . . . 3 50
A CÔTÉ DE LA RAMPE, comédies et saynètes, par E. Romberg,
1 vol. in-18. . . . . 3 50
MONOLOGUES COMIQUES ET DRAMATIQUES, par E. Grenet-
Dancourt, in-18. . . . . 3 50
MONOLOGUES ET RÉCITS, par Émile Boucher et Félix Ga-
lipaux, in-18 . . . . 2 »
THÉÂTRE A LA VILLE, comédies de cercles et de salons, par
Eugène Ceilher, 1 vol. in-18. . . . . 3 fr.
THÉÂTRE DE CAMPAGNE, par E. Legouvé, E. Labiche,
H. Meilhac, E. Goudinet, etc., etc.
   Ont paru les séries 1 à 8. Chaque série forme un vo-
lume in-18 jésus. . . . . 3 fr. 50

Imprimerie Générale de Châtillon-sur-Seine. — A. Pichat.

www.ingramcontent.com/pod-product-compliance
Ingram Content Group UK Ltd.
Pitfield, Milton Keynes, MK11 3LW, UK
UKHW020100100726
13658UKWH00004B/1879